궁금 바이러스

창비
청소년
시 선

07

궁금
바이러스

양영길 시집

창비

차
례

제2부
내 그럴 줄
알았지

제3부

궁금
바이러스

제4부

그런 내가
싫었다

제1부

되게 귀여워요

되게 귀여워요

우리 선생님은
우리들에게 많이 배운다고 한다.

총각 쌤인데
달걀이나 감자를 삶아다 줄 때도 있고
피자나 햄버거를 사 주기도 한다.

우리들이 "(되)게 맛있다."라고 하면
선생님은 "개 맛있다."라고 따라 한다.

"(되)게 예쁘다."라고 하면
"개 예쁘다."라고 따라 한다.

여학생들이
선생님에게 "예뻐요."라고 하면
남자에게 예쁘다가 뭐냐?
"귀여워요."라고 하면, 또
남자에게 귀엽다가 뭐냐?

"미인이에요."라고 하면,
"뭐? 설마 미친 인간이란 뜻은 아니겠지." 하면서
얼굴이 빨개진다.
(되)게 귀엽다.

게 귀여운 따라쟁이 우리 선생님.

장기를 배우다

한문 시간에 장기를 배웠다.

말 마(馬)도 배우고 코끼리 상(象)도 배우고
가는 길을 배워 장기를 시작했다.

너무 열심히 했나?
보도블록이 장기판 같다.

말 마(馬) 자 걸음으로 걸으며
집에 도착했는데
아무도 없다.
아빠 방으로 차(車)처럼 들어가서
궁(宮)의 자리에 앉아 보았다.

두 다리를 책상 위로 올려
다리도 꼬아 보았다.

"장군이오!"

허밍 선생님

우리 선생님은 늘 생얼이다.
주근깨와 기미가 가득하지만 늘 웃어 주는
샤방샤방한 선생님이다.

어렸을 때 화장을 너무 짙게 해서 이리 되었단다.
화장하고 다니는 친구를 향해 한마디 할 때도
웃으면서 이야기한다.

선생님이 "나도 화장 좀 할까요." 하면
우리들은 "쌤, 화장하지 마세요."
"안 돼요. 생얼이 좋아요." 한다.
그런데 어디서
"방학 때 레이저 한 방 맞아요. 이젠 많이 싸졌대요."
교실이 조용해졌다.

선생님이 콧노래를 흥얼거렸다. 선생님은
허밍 선생이 되었다.

사투리

*

국어 시간에
"일상생활에서 사투리를 사용해도 된다."
"하지 말아야 한다."
찬반 토론이 벌어졌다.
나는 "사용하지 말아야 한다."라고 열띤 주장을 폈다.
SNS도 일상생활의 일부니까
사투리는 너무 생소할 수도 있다고 주장했다.

**

한문 시간에 옥편을 뒤적여 찾아 쓰는 연습을 하는데
생활 속에서 사용하는 단어를 한자로 쓰라고 했다.
나는 '死鬪利'라고 어렵게 어렵게 썼다.
'싸울 투(鬪)' 자는
쓴 게 아니고 솔직히 그렸다.

선생님이 무슨 뜻이냐고 물어
"죽을 각오로 싸우면 이긴다는 뜻입니다."라고 큰 소리로 대답했다.

선생님은, "대박!" 하면서 크게 웃으셨다.
아이들이 나에게 몰려들어 얼굴과 머리를 어루만졌다.

나는 벌떡 일어서서
"죽을 사, 싸울 투, 이길 리"라고 큰 소리로 읽었다.
함성 소리 박수 소리 교실 가득했다.

***

다음 날 토론 마무리 시간에
나는 "일상생활에서 사투리를 사용해도 좋을 것 같다."
라고 내 주장을 수정했다.
친척 어른이나 할머니 할아버지와 더 가까워질 수 있다
고 주장했다.

얼굴이 뜨거워졌다.
죽을 각오로 싸우는 것이 무모할 수도 있다.

먼 나라에서 온 옆 짝 친구

먼 나라에서 온 릴리는 내 옆 짝 친구다.
릴리는 우리말을 내게 배운다.

소리 나는 대로 적는데
'외국'이라고 하면 '웨국'이라고 쓰고
'과일'은 '가일', '띄어쓰기'는 '띠어쓰기'라고 쓴다.
'기쁘다'라고 또박또박 소리 해도 '기뿌다'라고 쓴다.

'먹는다'는 '멍는다'로, '박물관'은 '방물관'으로 쓰고
'JUNGANG'이라고 쓰면 'JUN gang?'이라 고쳐 써 보며
놀란 눈으로 쳐다본다.

시간을 공부할 땐
'한 시, 두 시, 다섯 시, 열 시' 가르쳤는데
분을 셀 때도 '한 분, 두 분, 다섯 분, 열 분' 한다.
우리 집에
"여섯 시 열 분 간다."라고 톡이 와서
준비했는데

여섯 시가 좀 지나 덜렁 혼자 왔다.

모자는 '신다', 신발은 '쓰다', 장갑은 '하다'
자기 마음대로다.
영어에서는 'wear' 하나면 다 되는데
한국말은 왜 다 다르냐고 투덜거렸다.

나는 릴리에게 영어를 배운다.
'orange'라고 쓰면, 나는 '오렌지'라고 읽는다.
릴리의 발음은 '어린쥐'라고 하는 것 같았다.
쥐 새끼만 떠오르고 오렌지는 머릿속에 그려지지 않았다.

릴리는 '어'에 강세를 주라고 계속 이야기하면서
한국말에 강세가 없는 게 이상하다고 했다.

말도 안 돼

아빠는 거짓말쟁이다.
아빠는 고등학교 때 머리가 너무 길어서
학교에서 싹둑싹둑 잘렸대.

세상에 그런 거짓말이 어디 있냐?
말이 되는 소릴 해야 믿을 거 아냐, 그치?

엄마는 거짓말쟁이다.
고등학교 때 치마가 너무 짧다고
반성문을 쓰고 벌 청소도 했대.

또, 엄마가 대학생 때
찢어진 청바지 입고 다니니까
할머니가 바늘로 다 꿰매 버려서
할머니한테 대들었다가
할아버지한테 맞았대.

세상에 말도 안 돼.

그런 거짓말이 어디 있냐?

몇 년 전까지만 해도
수업 시간에 떠들거나 준비물이 없으면
복도에 꿇어앉혔다는 전설 같은 이야기가
전해 내려오긴 하지만

어른들은 우리들에게
거짓말을 추억처럼 이야기하는
버릇이 있어.
말이 되는 소릴 해야 믿을 거 아냐,
그치?

아빠의 가구 조립

아빠가 조립 가구를 샀다.
금요일 밤부터 시작한 조립이 밤을 새우고
토요일 아침이 되었는데도 어질러져 있기만 했다.
내가 도와 드린다고 했을 때는
완전 무시하면서
혼자 할 수 있다고 큰소리쳐 놓고는.

요즘 많이 힘든 것 같았는데
장난감 조립을 같이해 주던 그 아빠가 아니었다.
나도 할 수 있을 것 같은데
기술·가정 시간에 조립은 내가 쫌 하는데 말이야.
손가락이 꼴려서 공부도 안 되었다.

아빠가 자는 틈에
설명서와 조립 방법을 살펴봤다.
좀 헷갈리기는 했지만 두 번 정도 읽어 보니
형태와 순서가 어느 정도 그려졌다.

이 정도쯤이야, 현수교나 군함 모형도 조립하는데
하나씩 순서대로 나열했더니 윤곽이 나타났다.
중간에 서너 번 헤매긴 했지만.
나사를 순서에 따라 반씩만 조여 놓고
다시 역순으로 조이기만 하면 마무리할 수 있게 되었다.

조립이 거의 끝날 때 아빠가 깼다.
나는 살짝 자리를 피했다.
엄마는 때맞춰 나타나서 아빠한테
수고했다고 박수를 쳤다.
나는 모른 척하고 이제 막 일어난 것처럼
하품하면서 등장했다.

할아버지와 모래시계

할아버지는 모래시계의 절반을 가리고
위가 무엇으로 보이느냐고 물었다. 아래는?

위는 촛불이란다.
촛불처럼 점점 타들어 가서 어디론가 사라져 버리는 거지.
아래는 새싹이야. 시간이 쌓여 점점 자라지.

모래시계에 모래알은 몇 개인 줄 알아?
아마 3,600개일 거야.
세어 보셨어요?
아니, 내가 만든다면,
1시간 단위로 해서 그렇게 만들 것 같아서.

네가 만든다면, 어떻게 만들 건데?
저는 디지털 모래시계를 만들 거예요.
큰 모래알에 작은 모래,
또 그 속에 더 작은 모래를 넣은
그런 모래시계를 만들겠어요.

그렇게도 만들 수 있어?

그럼요. 큰 물방울 속에 작은 물방울 넣듯이 넣으면 돼요.

가장 큰 유리구슬 12개, 그 속에 28~31개, 다시 그 속에

24개, 다시 60개, 다시 60개.

그래도 지금 모래시계처럼 제대로 내려갈까?

하루를 초 단위로 세는 만큼

여러 번 만들고 실험해 보면 안 될까요? 할아버지.

모래시계 다 됐어요.

그래, 뒤집어 놔야겠구나.

참! 내려가는 모래시계 말고

비눗방울 같은 것이 만들어져서

올라가는 걸로 만들면 어떻겠니?

비눗방울 시계를요?

폭포와 분수

중2병을 식히려고 폭포 구경을 갔다.
가랑이 사이로 굽어보았다.
물이 분수보다 더 길게 솟아올라
하늘 천장에 부딪히고 있었다.

번지점프 하듯 공중으로 뛰어올라
지나가는 패러글라이더를 얻어 타고
쪼그려 앉았다.
잠시 눈을 감아 하늘을 느껴 보다가
아래를 굽어보았다.

열여덟 내가
밤의 향기 속에 재잘걸음으로 나온 별들과
목욕하며 속닥거리고 있었다.
갈 곳을 잊은 채
방향을 잃은 것도 모른 채

어디서 파도 소리가 들렸다.

나는 어느새 바닷가 모래밭에 앉아
수평선 너머 열여덟 나를
소리쳐 부르고 있었다.

돌아오는 길 폭포 입구에
작은 분수가 있었다.
다시 굽어보았다.
폭포는 보이지 않고
소금쟁이가 하늘을 뛰어다녔다.

담쟁이

우리 집 벽을 타고 올라온 담쟁이
성가시다.
5월이면 나의 창문까지 덮으려고
밤새 침략군처럼 기어오른다.
진짜 짜증 난다.

토요일 아침 창문을 열고
밀어내고 뜯어 버리고 가위질하고 나서야
창문이 창문 구실을 했다.

책상 앞에 앉아 거울을 보는데
담쟁이 잎 하나가 내 머리에 앉아 있었다.
떨어냈다가 다시 붙였다.

창문을 살짝 열어 놓고 다녔다.
어느새 내 책꽂이까지 기어 들어왔다.
내 일기장까지 더듬는 것 같다.

나의 창문이 나의 것이 아니라
담쟁이 창이 되어 버렸다.

내가 창문을 통해 세상을 엿볼 때
담쟁이는 나의 사생활을 지켜보고 있었다.

새 됐다

"남자가 말이야."
아빠가 이 말을 할 때면, 나는
좀 뿌듯해지는 느낌이었다.
이 말을 되뇔 때마다
혼자서 미소를 지었다.

동생이 귀엽다.
"여자가 말이야." 했더니
눈을 똥그랗게 뜨고 벌떡 일어서면서
"여자가 뭐?" 하며
개겼다.

어? 이게 아닌데?
이상하다.
뭐가 잘못됐지?

나는 동생 앞에서 완전히 새 됐다.

연 만들기

그렇게 만들어도 연이 날 수 있을까?
연은 만들면 꼭 날려야 해요?
날리는 게 싫어요.
저는 제 방에 걸어 놓을 거예요.

액자 속에 가두어
내 방에 걸어 놓을 거예요.

모두 잠든 밤이면
날아다니는 양탄자가 될지도 모르잖아요.

다들 만들었으면 날려 봐요.
날려서 바람에게 맡겨 봐요.

날리지 않는 사람들은
눈을 감고 꿈을 꿔 봐요.
이 세상을 마음껏 날아다니는 꿈을.

공작새 꼬리와 선생님 수염

쌤, 공작새 꼬리는 왜 큰 부채처럼 생겼어요?
음, 수놈이니까.
수놈은 왜 그렇게 긴 꼬리를 달고 살아야 해요?
공작의 암놈은 색맹이라고 하던데.
그게, 수컷의 본능이란다.
암컷 꼬셔 보겠다고 있는 힘 다해 과장하고 허세 부리고.

그러면 수놈 공작새는 우리를 암놈으로 보는 거예요?
가만히 있다가 우리가 가까이 가면 꼬리를 펼치고 소리
를 지르던데요?
그때는 가까이 오지 말라는 경고겠지.
뿔 달린 짐승들이 뿔을 들이대고 막아서는 것처럼.
공작새 꼬리가 무기라도 된다는 거예요?
글쎄다. 시선을 끄는 거겠지.
왜요?
암놈이 도망가서 숨을 시간을 주기 위해서.

사람에게 머리털은 왜 있어요?

뿔이 변한 거 아닐까? 가끔 뿔난다고 하잖아.

그러면, 왜 여자들은 머리를 길러요?

설마, 남자 꼬시려고 기르는 거라고 상상하는 거야?

아니면, 뭐예요?

왜? 여자만 머리를 길러요?

그러면 내가 수염 기르면 미경 쌤 꼬시려는 거란 말이야?

그건 아니죠?

설마, 가까이 오지 말라는 경고라고 상상하는 거야?

아니면, 뭐예요?

왜? 어른 남자에게만 수염이 있어요?

그러게. 나도 모르겠다.

쌤은 수염 기르는 거예요?

그러게? 기르는 게 좋겠냐, 깎는 게 좋겠냐?

음, 그건 현장학습 과제가 아닌 것 같아요.

코끼리 코 돌기

내가 우리 반에서 팔씨름 왕이다.
3판 2승제 하면
거의 내가 이겼다.

나는 코끼리 코 돌기를 하고 난 후에
팔씨름하면 이길 수 있었다.

애들은 내가 하는 걸 보고 따라 해서
이기기 시작하니까
우리 교실은 팔씨름보다
코끼리 코 돌기에 모두 열중했다.

교실이 빙글빙글 돌았다.
선생님도 빙글빙글 돌았다.

교내 체육대회 때 팔씨름 대회가 없어졌다.
코끼리 코 돌기 대회로 바뀌었다.

학교도 운동장도 모두
빙글빙글 돌았다.

열다섯 인생도
빙글빙글 돌았다.

시래기 된장국을 먹다

할머니, 이거 무슨 국이에요?

시래기 된장국인데 맛있어.

안 먹을래요.

몸에 좋은 건데. 비타민도 많고 미네랄, 섬유질도 많고

할아버지도 아빠 엄마도 다 좋아하는데.

'쓰레기'라는 말과 비슷해서 싫어요.

뭐? 쓰레기?

정크 푸드는 잘만 먹으면서

그게 진짜 쓰레기 음식인데.

'도그'도 먹으면서, 어떻게 도그를 먹냐? 사람이.

예에?

핫도그 말야.

헐~, 할머니가 내게 펀(pun) 개그를 했다.

할머니는 '피' 드시잖아요?

뭐? 피? 내가 뱀파이어냐? 피를 먹게.

컵에 그거요, 피.
이 녀석이~
나도 할머니한테 펀을 날렸다.

시래기 된장국을 먹었다.
이름과 달리 먹을 만했다.

다음엔 우거지 된장국 만들어 줄게.
예에? 거지 된장국요?

오목 대결

교장 선생님하고
오목을 두고 이겼다.
세 번 중에 한 번 이겼다.

져 주신 것 같지는 않고
내가 삼사 작전에 끌어들여
한 방 먹이자
교장 선생님 눈이 한참 머물더니
졌다고 했다.

오목 대항 팀 12명 중에
교장 선생님을 한 번이라도 이긴 것은
오직 나뿐이다.

교장 선생님 오목은
날 일(日) 자로 접근하는데,
우리 팀은 모두 입 구(口) 자로 접근한다.
내가 눈 목(目) 자나 밭 전(田) 자로 접근하면

모두 어리둥절한 표정이었다.
숨소리조차 달라졌다.
우리 팀은
단순 공격만 하다가 졌다.

삼사 기회나 건넌 쌍삼 기회를 찾아
한 번은 왼쪽을
다음엔 오른쪽을
그리고 위로 아래로 다이아몬드 전략으로 공략하여
쫓아오기 바쁘게 하면
이길 수 있었다.

나는 오목 대결을 하면서
다이아몬드를 그렸다.

제2부

내 그럴 줄
알았지

질문 있어요

우리 선생님은 질문할 때마다
"잘 모르겠어요." 하면서
우리들에게 질문한다.
내가 대답하면
다른 아이들에게도 물어보고
정리해 주는 것뿐이다.
그런데 내가 대답한 것을 거의 이용해서
자기가 다 아는 것처럼 설명한다.

잘 모르는 선생님이
나는 좋다.
내가 아는 척할 수 있어서 나는 좋다.

다 아는 것처럼
갔다 오지도 않은 나라에 갔다 온 것처럼 이야기하고
살아 보지도 않은 옛날을 살았던 것처럼
다 아는 것처럼 자랑질하는 선생님보다 나는
잘 모르는 선생님이

그냥 좋다.

선생님은 오늘도
"뭐부터 할까요?" 하면서
내게 질문을 한다.

엄마의 고3병

고2가 되고부터
엄마가 내 눈치를 보는 것 같다.

작년까지는 티비 보느라
내가 왔다고 큰 소리 쳐야
"어, 왔어. 밥은?" 하고
한참 지나서야
내 방으로 와서
미안한 듯 말을 걸었는데
지금은 문 여는 소리만 나면 얼른 티비 끄고 나와서
내 얼굴과 온몸을 스캔한다.

처음엔 19금 보는 거 아닌가, 의심했는데
그런 건 아닌 것 같다.

내가 집에 들어오고 나면
책을 보고 있을 때도 있다.
지난번 나하고 싸운 다음부터다.

성적이 안 오른다고

"너 혹시 게임만 하는 거 아니냐?"

"피시방 가는 거 아니냐?" 따지길래

피시를 아예 거실로 내놓으면서

"엄마도 책 좀 봐. 요즘 어른들 1년에 책 한 권도 안 읽는데."라고 한 다음부터다.

내가 너무한 건가.

책 안 보는 건 사실 아닌가.

우리 엄마는 나보다 먼저 고3병에 걸렸다.

고3병이란

고3병이란
하는 것도 아니고 안 하는 것도 아니고
되는 것도 없고 안 되는 것도 없고
빡세게 했는데도 흔적이 있는 듯 없는 듯
물 위를 떠다니는
개구리밥풀 같은 시간
뿌리 내리지 못하는
시간이란 식물이다.

고3병이란
준비된 것도 없고 늘 부족하여
생리대 준비 못 하고 여행하는데
불규칙한 생리로 기분이 오락가락하는
안절부절이란 단어가 가끔 찾아왔다 가는 시간이다.

고3병이란
어느 정도 시간이 흐르면 내성이 생기는 것
웬만한 처방에는 끄떡도 안 한다.

자려고 누우면 잠은 도망가 버리고
공부하려면 잠의 무게에 눌려 버린다.

고3병이란
엉덩이를 붙이고 오래 앉아야 하는
그러다가 시간의 뿌리가 돋는 식물이다.

헌법소원 내고 싶어요

선생님,
‘솅종 엉젱 훈민졍흠’ 같은 우리말은
왜 인터넷에 쓰지 못해요?
검색 방법도 없어요.

‘문ᄍᆞᆼ와로 서르 ᄉᆞᄆᆞᆺ디 아니’해서 그런 거 아냐?
그러니까요.
옛글과 지금 우리말이 서로 통할 수 있게 인터넷에서 쓰고, 찾을 수 있어야 하잖아요?
그러게.
이런 건 국어 선생님이 나서야 하는 거 아녜요?
왜 가만히 있어요?

‘이런 젼ᄎᆞ로 어린 ᄇᆡᆨ셩이 니르고져 홇 배 이셔도
ᄆᆞᄎᆞᆷ내 제 ᄠᅳ들 시러 펴디 몯’하고 있잖아요.
‘사ᄅᆞᆷ마다 ᄒᆡᅇᅧ 수ᄫᅵ 니겨 날로 ᄡᅮ메 ᄲᅧᆫ한킈’
해 주셔야 하잖아요.

인터넷에서 찾지도 못하는데 어떻게 스스로 알아서 공
부해요, 지금이 어떤 세상인데.

세종대왕님이 '어린 빅셩'을 '어엿비 너'긴다는 그 말
지금은 시효가 지난 건가요?
제발 인터넷에서 마음대로 쓰고 검색할 수 있게
어떻게 쫌 해 봐요, 선생님!

초성체도, 외국어도 다 쓰고 검색할 수 있다구요.
수학식이나 화학 기호도 다 표현하고 검색할 수 있다구요.
이 세상에서 세종대왕 시대의 한글만
제대로 쓰지도 못하고 검색도 못 하고 있다구요.

헌법소원이라도 내고 싶어요.
선생님, 제발!

젊은 시인

우리 모둠에서는 김수영의 「눈」에 대해서
의심해 봤는데요.
눈이 '눈[雪]'이 아니고 '눈[目]' 아니에요?
왜 그렇게 생각했어요?
"마당 위에 떨어진" 말고는 '눈[雪]'으로 해석할
아무 근거도 없어요.

또, 입이 나와요.
입? 어디?
"기침을 하자." 이거 '입' 아니에요?
떨어져 있지만 "눈은 살아 있"는데
입은 침묵을 강요당하고 있는 거구요.
그래서 '눈'에게 똑바로 보라고
'기침'이라도 해서 침묵을 깨라, 외치지는 못해도.

그럼, "밤새도록 고인 가슴의 가래"는 뭐예요?
'밤'은 어두운 시대고
'가래'는 병든 사회, '침묵'이 곧 병이에요.

신라 시대 때 임금님 모자 만드는 사람이 대나무밭에 가서
"임금님 귀는 당나귀 귀다!"라고 외쳐야만 했던 것처럼.

그럼, "젊은 시인"은 뭘까?
"죽음을 잊어버린 영혼과 육체"는 또 뭘까?

쌤, 웅변하는 거 같아요.

그래, 여러분이 바로 "젊은 시인"이야.
우리처럼 '혼나 버린' 사람들은 눈치 보기에 바빠서
할 말도 잊어버리고 눈 깔고 살았지.
아니, 함부로 고개를 세우거나 어깨를 펴지도 못했지.

모둠 이름이 뭐예요?
'눈 깔아 인마, 눈깔'입니다.

벌레가 되라고

아빠는 내가 벌레가 되었으면 하는 것 같다.
시험과 시험 사이
등급과 등급 사이에서
공붓벌레 책벌레가 되었으면 한다.

엄마는 내가 기계가 되기를 바란다.
게임도 접어 두고 웹툰도 치워 두고
학생부 칸칸마다 A만 찍어 내는
기계가 되기를 바란다.

영어책이 쌓이고 수학책도 쌓이고
독서 기록장 빈 페이지 채워야 할 책들도 쌓이는데
과제도 밀리고 문제집도 밀리고
쌓이고 밀리고
밀리고 쌓이고

나이만 한 살 더 먹었다.

'비'의 상상력

나는 '비 rain'를 좋아한다.
앞에 b를 붙여서 나의 좋은 머리를 굴리고
t를 붙여서 할아버지 댁까지 여유 부리면서 가고
g를 붙이면 밥도 준다.

포크를 붙이면 삽질도 해 준다는데,
그건, 그냥 장난삼아 해 본 소리고.

나는 '비'가 좋다.

레인보우도 있잖아.
그건 상상력의 층위가 좀 달라.

하품하는 만큼의 시간만 있으면 충분한
아, 나의 상상력.

할아버지와 한 마리 새

할아버지는 병실 창가에
새 한 마리가 앉아 우리를 지켜보고 있다고 했다.
가끔 다른 환자들이 잠들고 혼자가 될 때는
둘이서 이야기를 나눈다고도 했다.
"무슨 이야기를 했어요?" 물었더니
나는 손자 자랑을 했고
새는 내가 너만 했을 때
말썽 부리던 이야기를 해 줬다고 했다.

그런 밤에는 꿈속에서
그 새와 둘이 달리기를 했다고 했다.
허공으로 힘껏 달리듯 날아 올라가면
학교 운동장이 나오고
그 아래에서 땀 흘리며 달리고 있는
자신의 어릴 적 모습을 본다고 했다.
다시 보면,
네 아빠가 보이고
또다시 보면,

나를 볼 때도 있다고 했다.

잠이 안 오는 깊은 밤에도
혼자가 아니라고 했다.

병실 창가를 찬찬히 살펴보았다.

팔 없는 할아버지

할아버지 병상 바로 왼쪽 할아버지는
오른쪽 팔꿈치 아래가 거의 없는 분이었다.

갑자기 얼굴을 찌푸리며 으으으~~ 했다.
왼쪽 팔에 링거 주사를 맞고 있어서
할아버지를 부르며
뭐 하느냐고 호통을 쳤다.

내가 달려가서 간호사를 불렀다.
간병사도 달려왔다.
반밖에 남아 있지 않은 팔을 잡고
잘려 나간 팔의 빈 소매를 꾹꾹 눌러 주었다.

누를 때마다
아니, 그 옆, 거기, 응 거기 하다가
큰 한숨을 내쉬었다.

할아버지보다 열 살이나 많은 그 할아버지는

없는 손과 팔을 아파할 때가 많다고 한다.
이십 년 전에 기계에 팔이 끼어 잘렸는데
잘려 나가서 없는 손과 팔이
아프기도 하고 가렵기도 하다는 것이었다.

나도 한 번 도와 드렸는데,
뭉툭한 부분을 왼손으로 잡고
오른손으로는 손과 팔이 있었던 허전한 자리를
주물러 드렸다.
환자복 소매를 만졌는데도
시원하다고 했다.

할아버지의 시원하다는 얼굴 표정을 보면서
나의 손이 그 할아버지의 없는 팔 근육의 힘을
느끼는 것 같았다.

내 그럴 줄 알았지

엄마와 아빠가 다퉜다. 나의 성적을 가지고
학원을 보내자, 과외를 시키자, 좀 지켜보자, 지켜보다가
늦으면?
심각하게 다퉜다.

엄마는
게임만 좋아하더니
내 그럴 줄 알았지.
투덜거렸다.

나는 투명인간이 되고 있었다.

내 방으로 왔지만
수학책은 쳐다보기도 싫어졌다.
눈을 감았다.
평소에는 들리지 않던 시계 소리가 크게 들렸다.
점점 크게 들렸다.

시계야, 나 수학 포기해야겠지?
학원 가겠다고 할까, 과외 시켜 달라고 할까?
시계야, 대답 좀 해 봐!
배터리가 떨어진 건가, 대답이 없다.

내 그럴 줄 알았지.

엄마의 자랑질 하나가 방전되고 있었다.

할아버지의 눈물

할아버지와 이야기하다 보면
타임머신을 타고 1970년대로 가서
정지된 시간 속에서 수영을 하는 것 같다.

할아버지와 같이 있으면
나의 문제와 고민거리를 잊어버리곤 한다.

할아버지를 끌어안았다.
할아버지는 눈물을 흘리고 계셨다.
시간의 물방울에 갇혀 있는 것 같았다.
할아버지의 눈물을 보고 있으면
나도 그냥 눈물이 났다.

할아버지의 눈물 속에
나의 어린 시절도 함께 놀고 있었다.
나의 대여섯 살 때 이야기도
시간의 물방울에 비쳤다.

그래서 어쩌라고

엄마!
'올챙이 개구리 적 모른다'가 맞을까?
'개구리 올챙이 적 모른다'가 맞을까?

'개구리 올챙이 적 모른다'가 맞지. 그치?
그런데 올챙이도 개구리를 알 리가 없잖아.
'올챙이 개구리 적 모른다'도 맞잖아. 그치?

사실 엄마 심정, 나 잘 이해 안 돼.
말을 하지 않고 참았다가는 그냥 폭발할 것 같아서
"그래서 어쩌라고?" 한마디 했더니
엄마 속을 긁는다고 버럭했잖아.
나 급실망해서 아무 대답도 못 했어.

엄마가 이야기하는 거
다 억지 같고 강요 같았어.

엄마, 나 아직은 올챙인가 봐.

우물 안 개구리

엄마,
나 우물 안 개구리 되는 거 싫잖아.
그런데, 왜 나를 엄마의 우물에 가두려고 해?
애들이 나보고 마마보이라고 하는 거
다 엄마의 우물에 갇힌 개구리라는 거잖아?

엄마가 보라는 하늘만 보는 거
그게 우물 안 개구리잖아?

엄마가 나보고 실망했다는 거
정말 이해가 안 돼.

엄마 많이 힘든 거 이해해.
엄마 힘든 거하고
내가 엄마 말 잘 안 듣는다는 거하고는 달라.
나도 많이 힘들어.

학교라는 알껍데기는

시간이 되면 나를 쫓아내는데
엄마라는 알껍데기는
나 스스로 깨서 나가지 못하면
나는 아마도 세상이 너무 눈부셔서
제대로 쳐다보지도 못할 거야.

엄마,
엄마의 우물에서 기어 나와서
하늘 말고 세상을 보고 싶거든
나를 너무 가두려고 하지 마,
엄마.

개새끼가 뭐예요

할머니, '개새끼'가 뭐예요.

그런 거 알아서 뭐해? 욕 많이 쓰면 나쁜 사람 돼.

조사해서 발표할 거란 말예요.

엄마나 아빠한테 물어봐라.

할머니만큼 몰라요.

'개새끼'가 왜 욕이에요?

찾아봤어?

응, 찾아봤는데, 모르겠어요.

남들도 거의 같은 걸 찾아보고 이야기할 거거든요.

제게는 찾아봐도 없는 할머니 이야기가 필요해요.

음, '부모 말 잘 안 듣는 나쁜 녀석'이라는 거 아닌가?

이런 말은 있어?

없어요. 그런 설명은 없는 것 같은데요.

내가 어렸을 때는 '개자식', '개아덜놈'도 같이 썼는데,
자기 자식 욕할 때 썼어.

예에? 자기 아이에게요?

자기 자식이 말 잘 안 듣고 속상하면
"저 미친년, 저거 내 속으로 난 거 맞아?" 하면서 혼자 투덜거렸지.
그럼 '강아지'하고는 전혀 관계없는 거네요.
글쎄? 강아지하고 관련 있는 '개-'도 있고 전혀 관계없는 '개-'도 있겠지.

'개'가 붙은 말 중에 '개꿈'이란 말도 있는데,
쓸데없이 대가리만 복잡한 꿈을 이야기하는 거잖아.
'빛 좋은 개살구'나 '개민들레'는 '비슷하지만 아니'라는 뜻이고.

할머니는 어떻게 이런 걸 잘 알아요?
우리 어머니한테 물어봤었지.
증조할머니한테요?

요즘 애들은 어른들의 말을 들으려고 않는데
넌 어찌 된 애냐?

혼날 줄 알아

세상에서
'혼날 줄 알아', '혼내 준다'는 말보다
더 무서운 말 있을까.

어떻게 '혼을 꺼내 버린다'는 말인가.
어떻게 '영혼을 내쫓아 버린다'는 말인가.

여러 번 당해 봤더니
내성이 생겨서
그 말은 점잖은 욕이 되어 버렸지만

혼이 나가 버린 사람들이 많은 것 같다.
꼭두각시같이
조종의 끈에 매달려 있는 사람들이
여기저기 활보하고 있다.

나도 가끔 혼이 나가 버린 사람처럼
멍 타고 싶을 때가 있다.

오징어 날다

1

방학을 맞아 바닷가 할아버지 댁에 내려간 친구가
말린 오징어를 보내왔다.
그냥 피자나 한 판 시켜 주면 될 것을
오징어는 무슨 오징어야.
할아버지가 다 됐나 봐.

포장지를 뜯으니
바다 냄새가 달려들었다.
갈매기 소리도 데리고 왔다.

2

오징어를 스케치북 위에 놓고 선을 따라 그렸다.
물감을 칠하는데, 오징어가 파닥거렸다.

야 인마, 나에게 왜 그런 색을 칠하냐?
입 닥치고 있어. 내 맘이야!
야, 내가 뭐 아바타냐? 왜 겁에 질린 색을 칠해?

알았어, 알았어.

야, 야, 야! 어디다 눈을 그려. 거기는 꼬리야 꼬리. 머리
도 모르고 꼬리도 모르냐? 이 인간아!

야 인마. 여기 구멍이 있는데, 이게 입이야 코야? 이 위
에 눈 아냐?

아이코, 그건 니네들이 나를 함부로 다룬 나의 상처야,
아물 수 없는 상처!

그럼. 눈이 어딘데?

야야! 여기 내 손 좀 봐.

야, 오징어가 무슨 손이냐, 손은? 다리지.

야 인마. 내가 왜 다리가 필요하냐? 걸어 다니는 것도 아
닌데.

사람들은 다 다리라고 해, 인마. 열 명에게 물어봐, 다 다
리라고 할걸.

야, 열 명이든 백 명이든 내가 알게 뭐야. 물고기 잡아먹
을 때 쓰는 팔이고 손이야, 인마!

야 인마. 이게 우리 인간들이 알고 있는 너에 대한 진실
이야, 손은 무슨 손이야, 웃겨 정말.

그건 니네들이 맘대로 갖다 붙인 진실이지, 나에겐 결코
진실이 아냐. 인마.

3
야, 야, 다 그렸으면 바다에나 넣어 줘. 이왕이면 작은 물
고기 서너 개 그려 주고. 어, 저기 피자 있네. 그 속에 있는
새우도 좀 넣어 줘 봐.
알았어. 잘 놀아.

야, 야, 바다가 왜 노란색이야? 아, 나 미치겠네.
야! 바다를 맨날 파란색으로만 그리냐? 노란색으로도
한번 그려 봐야지. 어느 별에 가면 바다가 노랗고, 오징어
가 걸어 다닐지도 모르잖아. 색으로부터 한번 벗어나 봐.
야, 그러면 색깔 칠하기 좋아하는 너희 인간에게는 무슨
색 칠할 건데? 정신 나간 소리 그만하고 사실에 좀 충실해

봐. 인마.

야, 계속 욕하면, 너, 모래사막에 던져 버린다. 말 좀 아껴. 인마.

알았어. 알았어. 네 말대로 너도 한 번쯤 색으로부터 벗어나 봐. 나는 사실 변색 동물이거든.

4

야, 니네는 어떻게 뼈도 없냐? 멸치도 뼈가 있는데.

뼈대 뼈대 하는 이 인간아! 나도 뼈대 있어.

어? 뼈가 있다구. 한 번도 못 봤는데?

기다란 요트 같은 게 있어. 그래서 그걸 타고 먼바다를 마음대로 누비고 다녀. 아마도, 니네 인간들보다 내가 다닌 세상이 더 넓을걸.

야, 문어는 뼈가 없다고 나왔는데?

야, 문어는 바닥이나 기어 댕기는 놈이고, 그놈은 바다가 얼마나 넓은지 모르는 놈이야. 그놈은 뛰어오르긴 해도 우리처럼 날지는 못해.

문어가 보기엔 우리들은 날아다니는 새야 새.
야, 오징어가 어떻게 날아? 날개도 없는데?
날개 있어. 여기 여기.
애개개. 이렇게 작은데 난다고?
야, 물속에서는 날개가 너무 크면 날지 못할 수도 있어.
그건 난다고는 할 수 없지. 헤엄치는 거지.

헤엄치는 건 문어나 인간처럼 다리 달린 것들이 발 디딜 곳이 없을 때 바동거리는 거고. 우린 언제나 물속을 날아다니는 거야.

그러면 너는 어느 쪽으로 나는데?
당연히 앞으로 가지.
이쪽으로 가는 게 아니고?
야, 야, 그건 꼬리라니까. 방향을 잡아 주고 날개 보조 역

할도 하는 꼬리야, 꼬리.

그런데, 꼬리도 없는 인간들은 빨리 가는 것만 알고 어디로 가는지 모르고 갈 때도 있다며? 참! 인간들이 '꼬리를 친다', '꼬리를 밟힌다'라고 하는데, 그건 또 무슨 말이야?

5

야, 오징어는 먹이를 어떻게 잡아?

음, 나는 팔하고 손을 합쳐 한쪽이 다섯 가락씩 모두 열 가락이지. 그중 한쪽에 긴 팔이 하나씩 있어. 이 두 팔을 길게 뻗어 먹이를 잡아 손으로 움켜잡고 먹지.

그러면 먹물은 왜 뿌려?

나를 잡아먹으려는 놈 눈멀게 하려고. 사람들은 내 먹물도 먹는다고 하더라. 사람들 속이 시꺼면 이유를 이제 알겠네. 하기사?

스케치북을 덮어 버렸다.

6

할아버지 댁에 내려갔던 친구로부터 톡이 왔다.
집에 놀러 오란다.
친구 집에 피자 한 판 시켜 놓고 갔다.
오징어 파티가 벌어져 있었다.

오징어젓 한 통을 선물로 들고 왔다.
파도 소리가 철퍼덕 철퍼덕 철철 촬촬
속삭이며 따라왔다.

제3부

궁금 바이러스

궁금 바이러스 1

단톡방에서
바퀴벌레에 바퀴가 있냐, 없냐? 물었다가 까였다.
오밤중에 징그럽게 웬 바퀴벌레냐고 까였다.

갑자기 혼자가 되었다.
까인 날은 밤이 깊어도 잠에게도 까였다.

미안하다고
다음부터는 절대로 생뚱맞은 말 안 하겠다고
사과하고 나서야 내 말에 대꾸해 주었다.

다시, 우리 머리와 몸이 서로 싸우면 누가 이길까?
라고 했다가 또 까였다.

뭘 생각 하느냐고 물어보지를 말든가.
물어보니까, 대답한 것뿐인데.
똥개가 용가리 흉내 내는 거냐고
바보 같은 질문 하지 말라고 나를 깠다.

다시 사과했다.
물어본 것만 대답하겠다고 맹세했다.

강아지 이야기가 나왔다.
나는 강아지와 개새끼의 차이를 모르겠다고 했다가
"개새끼는 욕이잖아, 인마." 하면서 또 까였다.

처음 까일 때는 잠도 안 오더니
두세 번 까이니까 내성이 생겼다.

우리 단톡방 애들도
나를 무시했다가 상대했다가
가지고 노는 데 재미를 붙인 모양이다.

나도 바보 같은 질문짓 계속해야겠다.

그땐 그랬지

그땐
쪽팔려서 아무 말도 못 했다.

여자 선배들이 남학생 화장실을 기웃거리며
내 그곳을 훔쳐보려고 했을 때

내 그곳에 털이 안 났을 땐
화장실 갔다 오면서 여자애들만 마주쳐도
얼굴이 빨개졌었다.

그땐
여자애들이 브라 하는 건
더 크게 보이려고
구라 치는 걸로만 알았다.

이팔청춘,
춘향이하고 동갑내기 돼 봐야 알겠지.
나도 내년이면 2*8청춘이다.

사춘기의 시작

엄마의 잔소리가 많아지고
내가 엄마 얘기를 씹기 시작하면서부터
나의 사춘기는 시작되었다.

엄마의 잡소리가 더 많아지면서부터
나는 짜증이 많아졌다.

엄마의 잔소리가 큰 소리로 변했다.
나는 잠시 휴전하듯 고분거리며
엄마 목소리와 표정을 간 보기 시작했다.

내가 울상인 얼굴로 집에 왔을 땐
엄마가 내 눈치 보느라
무관심으로 위장하는 것 같다.

나도
그냥
모른 척해야 했다.

썸을 끝내다

썸을 끝내고
내게도 여자 친구가 생겼다.
나를 불러 놓고 빤히 쳐다볼 때
나는 가슴이 쿵쾅거렸다.
같이 사귀자고 했을 때
나는 대답 대신 고개만 끄덕였다.

나의 손이 잡혔다.
숨을 깊이 들이마셨다.
잠깐 동안 아주 잠깐 동안
머릿속이 하애졌다가
다른 그 무슨 색으로 채워지는 것 같았다.

손은 촉촉하고 많이 부드러웠다.
손을 이루는 세포들이 나보다 많이 작은 것 같고
따뜻한 기운이 나의 손 세포 속으로 스며드는 것 같았
다.

100일 되는 날
우리 달라진 거 없냐고 내게 물었다.
지각을 안 하게 되었다고
늦잠을 안 자게 되었다고 말했다.

우리는 서로 궁금한 거 물어보면
숨김없이 말해 주기로 약속했다.

이번엔 내가 먼저 손을 꼬옥 잡았다.
오래오래 놓아 주지 않았다.

남자 친구가 생겼다

남자 친구가 생겼다.
한 살 아랜데, 완전 순둥이다.
불러서 눈을 바라보기만 해도
얼굴이 빨개지고 고개를 떨군다.

남자 화장실을 구경 시켜 달라고 했다.
모두 집으로 가고
선생님 몇 분만 남아 있는 시간에 입구에 잠깐 세워 놓고
화장실로 들어갔다.
사진이나 영화에서만 보던 소변기가
줄지어 서 있었다.

냄새가 좀 심했다. 코를 막으려다가 보니
소변기에 파리가 앉아 있었다.
손가락질했더니 소변기가 물을 콸콸 쏟아 냈다.
처음엔 너무 놀라 주저앉을 뻔했다.

왔다 갔다 하면서 손가락질을 하면

소변기가 계속해서 물을 쏟아 냈다.

아니, 왜 걔네들은 손가락질을 하면 물을 쏟아 내는 거야?
나도 몰라.
그냥 사람이 가까이 가거나 물러서면 물을 쏟아 내,
왜 그러는지는 나도 몰라.

얼른 손을 잡고 학교 밖으로 나왔다.

마술은 왜 걸려

여자들은 왜
마술에 걸리는 거야?

그게 그렇게 궁금해?

그거 걸리면 모든 게 다 귀찮아.
배도 머리도 많이 아프고 하던 일도 엉망이야.
엄마는 참고 견뎌야 된대.
'그냥 사람에서 여자가 되는 과정'이래,
피할 수 없는.

그게 무슨 뜻인데?
글쎄, 여자가 되려면
피할 수 없는 과정이 수도 없이 반복되나 봐.

그냥 피가 나오는 거 아냐?
피는 핀데, 상처에서 흘리는 피하고 좀 달라.
냄새가 날 때도 있어.

끝나고 나면 홀가분해.
새로 태어난 기분일 때도 있어.
좀 어른이 되어 가는 기분?

그러면 한 달에 한 번씩 피를 보는 거야?
왜 그걸 마술에 걸렸다고 하는 거야?

넌, 여자를 몰라.
그게 얼마나 성가시고 귀찮은 건지.
진짜 중요한 시기에 그 마법에 걸려서
내가 내가 아닐 때가 있어.
나의 모든 게 망가져 버릴 때도 있어.
어쩌다 신비로운 상상을 하게 해 줄 때도 있긴 해.

넌, 아직 여자의 세계를 모를 거야.
아니, 영영 모를지도 몰라.

궁금 바이러스 2

브래지어 했어? 어.
그건 왜 하는 건데? 여자니까.
아니 아니, 그런 거 말고.

엄마에게도 동생에게도 물어볼 수 없었던
궁금 바이러스가 다시 꿈틀대기 시작했다.

나도 몰라, 그게 왜 궁금한 건데?
네가 팬티 입은 거나, 내가 팬티 입은 거나
같은 거 아닌가? 팬티는 왜 입어?

근데? 브래지어는 입는 거야, 끼는 거야?
쓰거나 신는 건 아니잖아? 매는 건가?
아~ 몰라, 그냥 하는 거야.

벗는 게 아니고 푸는 거니까, 묶는 거 아냐?
그게 그렇게 궁금해?
어.

새 신발을 샀다

운동화를 샀다.
엄마가 사다 준 신발이 아닌
용돈을 모아 내 맘에 드는 걸로
큰 맘 먹고 샀다.
이 정도는 신어 줘야
비로소 내가 되는 거였다.

발도 씻고 새 양말로 갈아 신고
운동화 끈을 꼼꼼히 매고
왼발부터 신어 보았다.
어깨를 펴고 당당하게 걸었다.

학교 가는 도중에
일기 예보에도 없던 소나기가 쏟아졌다.
학교 가는 길목은
도로 공사가 한창이었다.

나는 더 어깨를 펴고 걸었다.

쿨하게 보내 줄게

우리 모둠에서는 「진달래꽃」을 우리 버전으로
재해석해 봤어요.

만약에 내가 싫어서 가 버리겠다고 하면
그냥 쿨하게 보내 줄게.
게임머니나 데이터 선물해 줄게.
내가 보낸 데이터 많이 많이 쓰면서
나를 잊어버려도 괜찮아.
내가 싫어서 가 버리겠다고 하면
그냥 쿨하게 보내 줄게.
이번엔 쫌 오래갔으면 했지만.

'만약에'라는 말로 나를 떠보지 마.
'만약에'라고 했지만
'가 버리겠다'는 말이 우리 사이에 끼어들기 시작했어.
참, 이상하지?
말 한마디가 우리 사이에 어떤 파도를 일으키는지.

'만약에'라는 말도
'내가 싫어 가겠다'는 말도
나를 향해서 함부로 내뱉지 마.
나도 '쿨하게 보내 준다'는 말 절대 꺼내지 않을게.

어, 이거 누가 썼어요?
우리 모둠에 이별의 아픔을 겪은 시인이 썼어요.
누구죠?
비밀이에요.
남의 아픔을 이용하려 들지 마세요.

궁금 바이러스 3

넌 왜 가르마를 왼쪽으로 탔어?
그냥 머릿결이 가는 대로 탔어.

넌 어디로 탈 거야?
난 고등학교 가면 탈 건데
오른쪽으로 탈 거야.
왜?
네가 왼쪽으로 타니까.
그게 이유가 되냐?
특별한 이유는 없지만
엄마도 왼쪽, 아빠도 왼쪽
선생님들도 거의 왼쪽이니까
나는 오른쪽으로
그게 이유라면 이유지, 뭐.

그럼 내가 왼쪽으로 타는 게 싫다는 거야?
아니, 그런 이야기는 아니지.
그러면, 내가 타는 쪽과 반대로 가는 거야?

아니, 그런 게 아니고, 다만.
다만, 뭐?
다른 사람들이 많이 하는 쪽보다
적게 하는 쪽으로 하고 싶은 거지.

왜 그래야 하는데?
가르마도 3 대 7, 4 대 6처럼
한쪽은 많고 한쪽은 적잖아.

학생회장 선거

*

선도부 하고 싶어서
학생회장 선거 운동을 했다.
'표'라는 게
악수하고 웃는 얼굴마다 약속된 것은 아니었다.
어제는 당선 기대에 설레다가
오늘 아침은 갑자기 불안해졌다.

친구들하고 밀당도 이어졌다.
상대 출마자는 내가 더 친한 친구라고 생각한다며
배신 때리지 말고
자기를 지지해 달라고 꼬드겼다.
그 지지자들도 찾아와 나를 압박했다.

**

쎈 형과 누나들에게 가서 인사하자고 했는데
간다 안 간다, 우리 팀이 두 갈래로 찢어질 판이었다.

3학년 선배들에게 가면 끼 부리기 시켜 놓고
완전 쌩깐다고 한다.
그럼에도 불구하고 가야 한다고 한다.
안 가면 떨어지니까 가야 한다고 했다.

개드립을 칠 건데
얼굴에 철판을 두껍게 깔고 반만 들고
무작정 큰 소리로 외치자고 했다.

***

회장, 부회장 후보가
자기소개와 공약을 큰 소리로 외쳐 대는데
형들은 노래나 춤을 부르거나 추라고 했다.

우리 참모들은 눈 딱 감고
걸레와 빗자루 하나씩 가지고 가서
교실을 쓸고 닦아 주었다.

짱뚱어

야, 넌 물고기인데, 어떻게 물 밖으로 나와서 기어 다녀?
물 밖에서도 숨을 쉴 수 있거든.

눈은 왜 그렇게 튀어나왔어? 게 눈 같아.
야, 어떻게 머리 나비가 몸통보다 넓어?
야, 생긴 거 갖고 놀리는 거 아니다!

이름이 그게 뭐냐? 그래도 '어'가 붙었네.
'뚱'이야? '둥'이야?
망둥어는 '둥'인가?
야, 이름 갖고 놀리는 거 아니야! 인마!

게하고 싸우면 누가 이겨?
싸우기 싫어.
큰 게 말고, 작은 게 새끼하고는 싸울 수 있잖아?
또 그런다! 또!
싸움 붙이려는 거, 아주아주 나쁜 짓이거든.

민물에 살아 짠물에 살아?
아무 데 살든? 사는 데 두고 차별하려는 거야?

넌, 동생보다 공부 잘해?
키는 커? 누가 더 뚱뚱해?
엄마는 누구 말을 더 잘 들어줘?

……

미
안
해.

명심보감을 썼다

?와 !가 싸웠다.
!가 ?에게 "너네 엄마 안경 썼지?" 했다가
?가 "엄마 없다며."
!는 주먹으로 응수했다.
아이들이 몰려와 말리고
선생님이 들어와 ?와 !를 데리고 갔다.

아이들은 창문 너머로 지켜보았다.

어떻게 된 거예요, 누가 먼저 싸움을 걸었어요?
!가 먼저 주먹으로 때렸어요.
야, 너부터 패드립 했잖아.
야, 너부터 했잖아.
'안경 썼냐?'고 물어본 것도 잘못이냐?
야, 그게 패드립이잖아?
야, '엄마 없다'는 더 큰 패드립이잖아, 인마.

엄마 계신데, 왜 엄마 없다고 했어요?

그냥 욕한 거예요.
욕이 아니고 나를 모욕한 거잖아?

왜, 욕을 했어요?
패드립을 하잖아요?

안 되겠다. 명심보감 몇 장씩 쓸 거야?

한 장이면 안 돼요?
......
그럼, 두 장요?
......
그럼, 석 장으로 할게요.

백지장이 뭐지

서술형 평가를 망쳤다.

'사공이 많으면 배가 산으로 간다'의 뜻을 서술하는 문제였는데

'여러 사람이 힘을 합치면 불가능한 일도 이룰 수 있다'라고 썼는데

부분 점수도 인정해 주지 않았다.

이의 제기를 했다.

틀린 이유를 설명해 달라고 찾아갔는데

공부한 게 아니라고 했다.

그래도 틀린 건 아니잖아요. 배운 것에 갇혀 있는 것보다 낫잖아요?

공부한 것에 너무 갇히지 말라고 하셨잖아요.

이미 알려져 있는 생각의 틀, 상상의 틀을 뛰어넘으라면서요.

그래, 알았어요, 알았어요.

그럼 '백지장도 맞들면 낫다'의 뜻이 뭐예요?

이걸 말하면 맞은 걸로 해 줄 수도 있어요.

그런 게 어딨어요. 그건 다른 문제잖아요.

알았어요. 그래도 말해 봐요.

'백지장도 맛이 들면 먹을 만하다' 아닌가?

잉? '백지장'이 뭔데요?

고추장, 양념장 그런 거.

헐~, 찾아보고 와요.

사실, 자신감을 가지고 답을 쓴 건지, 장난으로 쓴 건지
알아보려고 했어요. 아주 기발했어요.

'백지장'이 뭐지?

'기발하다'는 또 무슨 뜻이야?

서로 에너지가 되었다

배터리가 10%도 안 남았다.
나의 에너지가 바닥을 보이기 시작했다.
8%, 6%, 아니, 벌써 5%
어느 선생님께 부탁해 볼까 궁리했지만
학교에서의 충전은 금기 사항이었고 벌점도 많았다.
내 머리가 많이 복잡해졌다.
수업에 집중도 안 되었다.

안경이 깨졌다.
친구가 자기 때문이라고 사과하면서
보상해 줄 테니까 걱정 말라고 했다.
나는 진짜 괜찮다고 했다.
걱정 마, 안경 바꿀 때가 됐거든.

배터리 같은 기종이면 좀 빌려 달라고 부탁했는데,
마침 같은 배터리였다.

수업 시간에 잘 안 보여도

나는 아무렇지 않았다.

우리는 서로 배터리를 빌려주기로 했다.
우리는 서로 에너지가 되어 주기로 했다.

제4부

그런 내가
싫었다

처음 면도하던 날

개학을 앞두고
아빠가 면도를 하자고 했다.
이제 중3이 되는 거니까
수염부터 깎아야 한다고 했다.
어른스러워져야 한다는 거였다.

식구 모두 외식할 때가 생각났다.
동생이 초경 했다며
엄마 아빠가 축하해 주던 때,
엄마가 브라를 사다 주며
외식을 했다.
메뉴도 동생이 정했다.

아빠는 수염을 깎아 주지도 않고
면도기 하나 사다 주며
자기가 하는 걸 잘 보라고
곡면을 따라 부드럽게 이래라저래라 말하고
아빠 수염만 깎으면서

잘못하면 벤다는 말만 해 줬다.

엄마는 면도를 끝낸 내 얼굴을 보면서
두 손으로 만지고 살피면서
"언제 이렇게 의젓해졌어,
여자애들이 그냥 놔두지 않겠네." 하면서
웃기만 했다.

거울을 보았다.
거울 속에 비친 나는
어느새 대학생처럼 보였다.
나는 나의 턱을 쓰다듬으며
얼짱 각도를 찾아보았다.

시간에 길을 내다

세상에 태어나서
처음으로 1주일 동안 나 혼자 버텨야 한다.
방학을 맞아 엄마 아빠가 여행 간다고
일찍부터 계획된 일이었다.

절대로 공부 같은 건 하지 않기로 했다.
매일 늦잠 자기
아침 점심은 한 번에 아점으로 때우기
집 밖에는 나가지도 말고
티비는 절대 보지 말고
톡도 잠수 타고

그래도 인터넷은 하루 딱 한 시간만 하고
게임도 딱 한 시간만 하고
아니, 한 시간 반씩만 하고

멍 때리면서
시간을 죽이고 또 죽였다.

한 시간은 길고 하루는 짧았다.
그렇게 나는 나의 시간에 길을 내었다.

나는 내 생각이 없이 살아온 것 같았다.
이제 내 생각을 즐길 수 있었다.
혼자서 내 생각을 품고 있으면
빼앗겼던 내 생각을 도로 찾은 기분이었다.

얼굴에는 거드름 피운 시간의 흔적처럼
뾰루지가 여기저기 솟아났다.

사하기인가

나는 5학년 때 사춘기를 지난 것 같다.
그래서인지 중학교 때 사춘기 타는
아이들을 보면 어린애 같았다.

고1이 되고부터 고민이 많아졌다.
엄마 말도 귀찮았다.
지난번엔 성적 땜에 잔소리 듣다가
"내 인생은 내가 알아서 하니까. 신경 꺼도 되거든." 하
고 대들었다.

봄 다음에 여름이 오듯
사춘기 다음에 사하기인가?
진짜 힘들다.
되는 것도 없고 안 되는 것도 없고
아무것도 모르겠다.

대학 전공 학과를 정해서
직업과 관련지어 수업 시간에 이야기해야 하는데

엄마도 아빠도
내 고민을 몰라준다.
진짜 내 머리가 뜨겁다.
요즘 들어 열을 너무 많이 받는 것 같다.
아, 사하기!

엄마 잔소리가 예전 같지 않다.
툭하면 짜증 내고, 아빠하고도 자주 다툰다.
갱년기를 타는 것 같다.

한 송이 구름

한 송이 구름이 손바닥에 내려앉았다.
나는 그 구름에게
'나의 꿈'이라고 이름 붙였다.

내게 앉은 구름이 너무 좋아
뺨에도 대어 보고 냄새도 맡아 보고 소리도 들어 보고
입속에 넣어 굴려 보기도 했다.

중간고사가 가까워져서
기말고사를 치러야 해서
그냥 곱게 접어서 책갈피처럼 넣어 두었다.

시험이 끝나고 방학을 맞으면서
찾아보려 했지만 찾을 수가 없었다.

한 조각 구겨진 휴지처럼 어딘가에
뒹굴고 있을 나의 구름
아, 나의 꿈.

나는 청개구리 띠다

엄마는 나를 청개구리 띠라고 한다.
시키면 거꾸로만 한다는 게 이유다.

그건 엄마 생각이다.
나는 엄마가 이야기한 것을 재해석해서
나의 입장에서 한다고 하는 건데.

엄마는 고집이 세다.
내가 무슨 부탁을 하면 그건 대학 가서 하면 된다고
공부가 아니면 무조건 안 되었다.

엄마가 '안 된다'라고 할 때마다
조용한 호수에 사는 청개구리는 말문이 막혔다.

말문이 막힐 때마다
마음 한구석에 가시가 돋기 시작했다.
고슴도치 띠가 되어 가고 있는 걸
엄마도 나도 모르고 있었다.

헌혈을 하다

내가 좋아하는 지구과학 시간에
간호사 복장을 한 사람이 들어와 헌혈 안내를 했다.
헌혈을 하면 건강을 체크할 수 있고
소중한 생명을 살릴 수 있고
며칠 지나면 헌혈하기 이전으로 돌아온다고 했다.

동의서 받아 오라고 했는데, 깜빡했다.
아빠에게 연락했더니 다짜고짜 축하한다고 했다.
엄마는 공부하는 애가 무슨 헌혈이냐고 안 된다고 했지만
나도 한번 해 보고 싶었다.

내 몸에서 나온 320cc 핏덩어리
간호사의 양해를 얻어 내 심장 위에 얹어 살짝 안았다.
따뜻한 기운이 나의 온몸으로 퍼져 나갔다.
가슴이 뭉클하고 눈물이 핑 돌았다.

내 의지로 행동했다는 것만으로도
내 심장이 뛰는 소리가 달라지고 있었다.

외식하는 날

중간고사가 끝났다.
외식을 하자며 뭐 먹을 거냐고 했다.
동생과 나는 피자 먹자고 했는데
결국은 아빠에게 선택권이 있었다.

고깃집에 가서 고기 구워 먹고
평양냉면을 먹었다. 입안이 얼얼하다.

엄마와 아빠는 외식할 때마다 소주를 마신다.
시험도 끝나고
입안도 얼얼하고
나도 한 잔 마시고 싶은데
어려서 안 된다고 한다.

아빠가 비운 술잔을 기울여 보며
입맛만 다셨다.

나는 시인이다

중2가 되면서
우리 교실 화분을 내가 키웠다.

아침 교실에 가면
화분에게 먼저 인사하고 말을 건다.
다른 애들에게는
인사는 해도 좋지만
건드리거나 물을 주지는 못하게 했다.

그래서 애들은 나를
'시인'이라고 불러 주었다.

그래 나는 시인이 될 거야.
저 화분에 꽃을 피울 거야.

가끔 콧노래도 들려주었다.
월요일 아침에 가장 먼저 가 보니
꽃대가 올라와 있었다.

지지대를 세워 주었다.

5월 들어 섬초롱꽃이 피기 시작했다.
꽃대가 세 개나 나왔는데
꽃대 하나에 서너 개씩 초롱불을 밝혔다.

밤이면 이 꽃들이
우리 교실에 초롱불을 밝힐 거라고 이야기했더니
아이들은 웃긴다며 쌩깠다.
전기 코드만 연결하면
분명 불을 밝힐 거라고
같이 연구할 친구들을 모집했다.

나는 혼자가 되었다.

나의 혈액형은

나의 혈액형은 AB형이다.
빌 게이츠, 에디슨, 김구도 AB형이다.
AB형은 어릴 때 공부를 좀 못해도 천재가 많고
나처럼 글씨도 엉망이고
나처럼 말더듬이도 많다.

그런데
아, 그런데
내 혈액형이 O형이라니, 믿을 수가 없다.
헌혈을 위해 팔을 내밀었는데
내 혈액형이 AB형이 아니고 O형이라니.
아니, 이럴 수가
어쩌다 내게 이런 일이…….

며칠 동안 잠도 못 잤다.
출생의 비밀이 내게도 있었던 걸까.
엄마 아빠, 누나 혈액형까지 다 확인했지만
고민은 풀리지 않았다.

내 머릿속을 떠나지 않는 AB형
머릿속은 AB형, 몸속을 흐르는 피는 O형

나의 글씨는 더 삐뚤어졌다.
말을 더듬는 대신 말수가 적어졌고
생각을 더듬는 버릇이 새로 생겼다.

헌혈차가 왔다.
다시 내 혈액형 확인을 위해 팔을 걷어붙였다.
헌혈하는 동안
생각들을 더듬고 또 더듬었다.

거울 속에는

아빠가 거울을 보고 있는 모습에서
나는 할아버지를 보았다.
지난 학기에 돌아가신 할아버지가 보였다.

손톱이 곱고 컸던 할아버지
할아버지가 생각날 때마다 나는
내가 깎아 먹은 작은 손톱을 살펴보는 버릇이 생겼다.

할아버지는 수염도 길었다.
만지면 꺼끌꺼끌했다.
그래도 내가 만지는 걸 할아버지는 좋아했다.
할아버지는 내 손톱을 잡고 만져 주기도 했다.

거울 앞에 섰는데
나의 얼굴에서 아빠 얼굴이 보였다.

거울 속에는
엄마 아빠가 다투던 모습이 스치고 지나갔다.

할아버지가 내 손을 잡고 동물원에 갔던 일도
병원에 누워 계시던 할아버지 모습도 지나갔다.

거울 속 나의 얼굴에는
지금의 나와 옛날의 나 사이를 지나
할아버지와 아빠의 표정들이
흔적처럼 남아 있었다.

나는 문득 아빠가 되었다.
다시 할아버지가 되었다.

시험 울렁증

기말고사가 5일 앞으로 다가오면서
잠이 오지 않았다. 손에 땀이 났다.
이번 시험을 망치면
멀리 있는 후진 학교에 갈 수밖에 없다.

시험이 코앞이다.
영어 공부 해야지. 아니야, 수학을 해야지.
아냐, 난 영어를 해야 해.
아니야, 지난번 수학을 너무 못 봐서
이번에 만회해야 해. 그러다 영어가 떨어지면…….

수학책을 펼쳤다. 영어책도 펼쳤다.
수학 시험 범위는 30페이지, 영어는 22페이지
그래 영어부터 하자.
벌써 날짜가 바뀌었다.

얼른 자고 낼부터 해야겠다.
잠이 도망가 버렸다.

착한 아이

나에게 '착하다'는 말은 무엇일까.
하고픈 말을 가로막는 '착한 아이'라는 말
'착해야 한다'는 말 때문에
이상한 질문도 함부로 못 했다.

너무 착해서 힘겹게 살아온 엄마도
선생님과 상담하면서
'착하다', '공부도 열심히 한다'는 말에
안도의 한숨을 쉬었다.

선생님은 왜 하필
내 앞에서 엄마에게 그 말을 했을까.

나도 나를 모르고 있었다.
내가 공부보다 다른 생각에 빠져 있다는 것을
착하지 않은 모습으로 비쳐지고 있다는 것을.

꿈꿀 시간이 없어졌다

고2가 되면서부터
꿈꿀 시간이 없어졌다.
아니, 함부로 아무 꿈이나 꿔서도 안 되었다.
시험이 먼저였고
내신이 먼저였다.

중2 때 나는
제빵사가 되고 싶었다.
하얀 옷을 입고 높고 하얀 모자를 쓰고
하얀 밀가루를 만지는 상상을 했다.
엄마가 칼국수를 만들 때 만져 보았던
밀가루의 감촉이 아직도 손끝에 남아 있었다.
찰흙 놀이 할 때도 나는 여러 가지 빵 모양을 만들었다.

먹음직하게 빵이 구워지고
사람들이 이야기를 하면서 즐겁게 먹는 모습을
그려 보곤 했었다.

나는 조개 모양의 빵을 만들고 싶었다.
바다 냄새를 넣어서 산골짜기까지 배달되는
그런 빵을 만들고 싶었다.
빵 접시에는 갈매기 소리도 그려 넣고
퓨전 빵떡도 만들고 싶었다.

고2가 되면서
'꿈은 이루어진다'는 말을
곱씹어 보았지만
내 꿈은 어느새 인스턴트의 벽에
추억처럼 걸려 있을 뿐이었다.
손맛은 아직도 남아 있는데.

멍 때리기 대회에서

1

멍 때리기 대회는
체육대회나 예술제 때 단연 인기 종목이다.
우리 반에서는 내가 대표로 뽑혔다.
트레이닝을 하는데 집에서 1시간 이상 시계도 보지 않고
폰도 아예 꺼 놓고 연습했다.
처음엔 1시간 정도 된 줄 알았는데 30분도 안 되었다.
1시간이 그렇게 긴 줄 몰랐다.

2

나는 나의 직업에 대해 상상하면서 버티는 연습을 했다.
　내가 서른이 됐을 때를 상상하며 그를 불러 같이 놀기로
했다.
　실전에서는 눈을 감으면 안 돼서 1.5미터 앞을 눈을 반
쯤 감은 상태에서 응시하다 보면
　열일곱 나의 눈동자에 따라 시간의 거울 속에 서른 살
그가 있었다.
　둘이서 같이 침묵했다. 그가 내게 먼저 말을 걸어왔다.

"너 요즘 맘에 안 들어. 나를 속이고 있는 거 있지."
그는 나를 의심하기 시작했다.

3
눈을 10초 이상 감으면 감점이다.
지나치게 많이 깜빡거려도, 불필요한 움직임도.
1시간인데 30분이 지나면 졸려서 쓰러지는 사람도 있다.
쓰러지는 사람 쳐다보다가 웃음이 터져 나와 실격하기
도 한다.
선수는 30명인데 심사위원이 60명이다.
생수 한 병을 옆에 두었다가 가끔 마시는 건 허용된다.
30분도 안 되어 시계가 보고 싶어진다.
폰이 울리면 그냥 실격이다.
나는 폰을 아예 꺼서 깜깜한 주머니 속에 꼭꼭 가두어
버렸다.

4
그는 나를 의심하기 시작했다.

분명 내가 나를 속이고 있다고 했다.
네 스스로에 의해 길을 잃고 헤매고 있으면서도,
남들 앞에서는 아니다,
아니다, 잘하고 있으니 걱정 말아,
한다는 것이다.
분명 네 진정한 모습에서 점점 멀어져 가고 있단 말야.
그는 열일곱 나를 몰아세웠다.

5
시간의 거울 속 바탕 화면을 바꾸었다.
열 살 때 사진으로 바꾸었다.
내가 셋이 되었다, 열 살, 열일곱 살, 그리고 서른 살.
열 살 애는 넘어져서 울고 있었다.
나와 그는 깨진 무릎보다 울음소리가 너무 크다고 느끼
고 있었는데
어느새 나는 나를 잃고 헤매고 있었다.
나, 나는 어디로 갔을까?

열 살 때 사진의 배경 그림을 잔디밭으로 바꾸어 주었다,
넘어져도 다치지 않게.

6

30분 정도 지났을까?
손톱 갈아 먹는 버릇이 도졌다, 코 파는 버릇도.
이빨이 근질거리고 콧구멍이 답답할 때마다
손톱과 손가락이 꼼지락거렸다.
플래시 게임도 손가락 사이사이를 누비고 다녔다.
나도 모르고 있던 작은 버릇이
이 중요한 순간에 내 몸통을 흔들려고 들었다.

나는 내 몸과 내 머리가 서로 싸우면
당연히 머리가 이긴다고 생각했었다.
40분이 지날 때쯤
몸이 이긴다는 생각으로 바뀌기 시작했다.
마음은?
마음도 몸이 말을 안 들으면 어쩔 수 없을 것 같았다.

7

열 살, 열일곱 살, 그리고 서른 살

셋이서 있는 그대로를 인정해 달라고 서로 다투었다.

울음소리가 너무 크다고, 자신을 속이고 있다고.

서른 살 그도 마찬가지 아닌가.

열 살 어린 내가 갑자기 어린왕자 목소리로

"사막 같은 세상에서 우린 서로 친구가 되어야 해."라고
말했다.

그러나 난 어린왕자가 싫었다.

귀가 없어서 그런지 들으려고는 하지 않고

뭐 의미 있는 이야기만 늘어놓으려 했다.

'지금', 그리고 '우리'를 좀 무시하려 들었다.

열일곱 나와 서른 살 그는 지금을 있는 그대로

우리들을 인정해 달라고 했다.

우리는 다시 침묵했다.

8

침묵을 깬 건 서른 살 그였다.
사막 같은 세상이지만 아름다워.
피하려고 하면 끝이 없어.
어려운 일이 뭔지 아나?
바로 너의 마음을 얻는 거야, 열일곱 너의 마음을.
나는 이 대회가 끝나는 시간을 즐길 거야.
그 시간을 나는 한 달 전부터 기다려 왔어.
가만 들어 보니 서른 살 그도 어린왕자 목소리였다.

기다린다는 게 뭔지 아나?
나를 다스리는 거야, 열 살 어린 나와 서른 살 그를.

9

뒷사람이 넘어지면서 내 어깨를 건드리는 바람에
깜짝 놀랐다.
어디선가 킥킥거리는 소리가 들려오더니
내가 그동안 생각했던 것들이

놀란 새처럼 모두 날아가 버렸다.
곰곰 생각해도 다시 돌아오지 않았다.

나의 생각이 재설정되어야 했다.
나의 탐색은 계속되어야 했다.
서른 살 그를 빨리 찾아와야 했다.
그의 정체를 아직 물어보지도 못했는데.

10
한 시간 후에 나는, 내 이름이 불리고 박수 소리를 들으
며 시상대로 뚜벅뚜벅 걸어 나갈 것처럼 버티며 앉아 있었
다.
어디서부터인지 박수 소리가
시간의 파도처럼 밀려왔다 밀려갔다.

내 이름은 끝내 불리지 않았다.
나는 망했다. 일곱 명에게 주는 상을 받지 못했다.
감점이 많았던 것 같다. 10초 이상 눈 감은 게 많았을까,

눈 깜빡거림이 많았을까.
생각을 많이 하지 말았어야 했는데
나는 너무 많은 시간 속을 헤매고 다녔다.
진짜 망했다.

그런 내가 싫었다

박수를 쳤다.
나는 치기 싫은데도
마지못해
눈치 보듯 박수를 쳤다.
그런 내가 싫었다.

한번은 내가 박수를 크게 쳤는데
아무도 따라 주지 않았다.
나를 쳐다보는 눈이 많아졌다.
나는 갑자기 얼굴이 뜨거워졌다.

박수는 아무 때나 치는 게 아니었다.
때를 알고 쳐야 하는데
이번에도 때가 아닌데 잘못 쳤다.
오기로 더 세게 쳤다.
한두 사람이 치기 시작하더니
금방 모든 사람이 박수를 쳤다.
나의 얼굴이 더 뜨거워졌다.

나는 박수 쳐야 할 때를
제대로 알지 못한다.
그냥 남들이 칠 때 따라 치면 되지만
나는 그게 싫었다.
내가 치고 싶을 때 치고
남들이 치지만 내 맘에 안 들 때는
열중쉬어 하고 싶었다.

그런데, 그게 내 맘대로 안 되었다.
그런 내가 싫었다.

나는 오늘도 멀미를 한다

나에게 멀미는
눈 감으면 흔들리고
속이 불편해서 토하는 것만이 아니었다.
시험을 앞두고 2년 후 대입을 상상해 보고
2년 전 중2 시절을 떠올려 보다가
아무것도 보이지 않고
태평양 한가운데 표류하다가
졸음의 무게와 불면의 날개가 동시에
파도타기 할 때
2년 후와 2년 전이 시소를 탈 때
나의 시간은 멀미를 한다.

나에게 멀미는
나를 흔드는 시간이었다. 나를 막아서는 벽이었다.
손을 놓아 버리면 그냥 흘러가 버리는 강물이었다.

눈꺼풀이 무거워지고
시험은 더 가까워졌다.

올챙이가 우물을 사랑하는 법

오연경 문학평론가

이 시집에 한 아이가 산다. 나이는 열대여섯 살 정도, 가끔 여자인 척할 때도 있지만 개구쟁이 남자아이의 냄새가 물씬 풍긴다. 선생님한테 "되게 귀여워요."라고 말하는가 하면 할머니한테 "'개새끼'가 왜 욕이에요?"라고 진지하게 묻기도 하고, 여자 친구한테는 "마술은 왜 걸려?"라고 대놓고 물어본다. 심지어 오징어를 그리면서 오징어하고도 긴긴 대화를 이어 가며 언쟁을 하는 놈이다. 그렇다. 이 아이는 궁금 바이러스에 감염된 아이, 제 자신을 포함한 온 세상이 궁금한 것투성이라서 "바보 같은 질문짓"(「궁금 바이러스 1」)을 멈출 수 없는 아이다. 그야말로 엉뚱하고 이상한 질문들, 어른은 물론 또래 친구들에게도 지청구 듣기 십상인 그런 질문들을 겁 없이 던진다. "연은 만들면 꼭 날려야 해요?"(「연 만들기」), "'올챙이 개구리 적 모른다'도 맞잖아, 그치?"(「그래서 어쩌라고」), "우리 머리와 몸이 서로 싸우면 누가 이길까?"(「궁금 바이러스 1」), "넌 왜 가르마를 왼쪽으로 탔어?"(「궁금 바이러스 3」), "나에게 '착하다'는 말은 무엇일까."(「착한 아이」) 등등.

그런데 이 바보 같은 질문들이 생각을 두드리고 주변으로 사람들을 모으고 또 다른 질문들을 퍼뜨려 둥그런 말의 파문을 일으킨다. 거기서 발장구 치고 헤엄치며 신나게 놀기도 하고, 때로는 햇살을 받은 채 둥둥 떠다니거나 아예 물아래로 잠수하여 제 심장 소리만 듣고 있기도 한다. 갑자기 몰아친 물결에 휩쓸려 어쩔 줄 몰라 헤매기도 하지만, 너와 나 사이에 튀어 오르는 물방울의 찬란함에 미소 지을 때가 많다. 이 수다쟁이 아이, 쓸데없이 궁금한 게 많은 아이, 세상 모든 것에 말을 걸 준비가 된 아이는 이제 막 뒷다리가 나오기 시작한 올챙이, 하지만 '올챙이 개구리 적 모른다'를 신조 삼아 아직은 철모르는 올챙이이고자 하는 진정한 올챙이 전사다.

엄마!
'올챙이 개구리 적 모른다'가 맞을까?
'개구리 올챙이 적 모른다'가 맞을까?

'개구리 올챙이 적 모른다'가 맞지. 그치?
그런데 올챙이도 개구리를 알 리가 없잖아.
'올챙이 개구리 적 모른다'도 맞잖아. 그치?

사실 엄마 심정, 나 잘 이해 안 돼.
말을 하지 않고 참았다가는 그냥 폭발할 것 같아서
"그래서 어쩌라고?" 한마디 했더니
엄마 속을 긁는다고 버럭했잖아.
나 급실망해서 아무 대답도 못 했어.

엄마가 이야기하는 거
다 억지 같고 강요 같았어.

엄마, 나 아직은 올챙인가 봐.
　　　　　　　　　　　　　　—「그래서 어쩌라고」 전문

　개구리에게는 개구리의 사정이 있는 것처럼, 올챙이에게는
올챙이의 사정이 있다는 걸 왜 몰라줄까? 개구리도 올챙이 적
을 모르는데, 하물며 개구리가 되어 본 적 없는 올챙이가 어떻
게 개구리를 이해할 수 있겠는가? 올챙이에게는 그들만의 우
물이 있고, 그들만의 깊이와 넓이가 있고, 그들이 깜냥껏 움직
여 부딪히며 익혀 온 제 나름의 사는 법이 있다. 그들을 좁은 우
물에서 꺼내 줘야 한다는 교육과 계몽의 손길은 저들 세계의
깊이와 넓이를 무시하고, 저들의 '지금-여기'를 건너뛰고, 저
들이 몸으로 헤쳐 나갈 시간을 앗아 가는 폭력이 된다. 오늘날

교육과 제도의 이러한 폭력에 맞서는 청소년들의 가장 큰 무기는 다름 아닌 침묵이다. 몇 번 자기 말을 터뜨렸다가 '버럭'을 당해 본 아이들은 단단한 침묵의 뚜껑을 닫고 더욱 깊은 우물 속으로 내려간다. 그리하여 그곳은 우리들이 들여다볼 수도 없고 어떤 소리도 들을 수 없는 닫힌 세계가 되어 버린다.

양영길 시인은 저 우물 안 이야기를 우리에게 들려준다. 그런데 놀랍게도 그 이야기는 '개구리가 기억하는 우물'이 아니라 '지금-여기, 올챙이가 살아가는 우물'에서 흘러나온다. 올챙이 시절로부터 한참 멀어진 개구리일 것 같은 시인이 어떻게 올챙이의 우물 속에 들어가 살고 있는 것일까? 이 시집에 등장하는 어른들을 보면 금세 답을 찾을 수 있다.

우리 선생님은 질문할 때마다
"잘 모르겠어요." 하면서
우리들에게 질문한다.
내가 대답하면
다른 아이들에게도 물어보고
정리해 주는 것뿐이다.
그런데 내가 대답한 것을 거의 이용해서
자기가 다 아는 것처럼 설명한다.

잘 모르는 선생님이

나는 좋다.

내가 아는 척할 수 있어서 나는 좋다.

—「질문 있어요」부분

우리들이 "(되)게 맛있다."라고 하면

선생님은 "개 맛있다."라고 따라 한다.

"(되)게 예쁘다."라고 하면

"개 예쁘다."라고 따라 한다.

—「되게 귀여워요」부분

'도그'도 먹으면서, 어떻게 도그를 먹냐? 사람이.

예에?

핫도그 말야.

헐~, 할머니가 내게 펀(pun) 개그를 했다.

할머니는 '피' 드시잖아요?

뭐? 피? 내가 뱀파이어냐? 피를 먹게.

컵에 그거요, 피.

이 녀석이~

나도 할머니한테 펀을 날렸다.

—「시래기 된장국을 먹다」부분

학생들이 질문하면 잘 모르겠다고 하면서 다시 질문을 돌려주는 선생님, 우리끼리 쓰는 비속어를 거리낌 없이 따라 하면서 "우리들에게 많이 배운다"고 하는 선생님, 손자에게 시래기된장국을 끓여 주면서 펀(pun) 개그를 날리는 할머니. 누군가는 어른이 돼 가지고 너무 권위가 없는 거 아니냐고 혹은 선생님으로서의 역할을 방기하고 학생들에게 끌려다니는 거 아니냐고 눈살을 찌푸릴지도 모르겠다. 하지만 모든 대화의 법칙이 그러하듯 상대방에게 끌려가 줄 때 끌어올 수 있는 힘이 생겨나고, 내가 먼저 물러설 때 상대방이 다가올 수 있는 틈이 생긴다. 그런 의미에서 "난 어린왕자가 싫었다./귀가 없어서 그런지 들으려고는 하지 않고/뭐 의미 있는 이야기만 늘어놓으려 했다./'지금', 그리고 '우리'를 좀 무시하려 들었다."(「멍 때리기 대회에서」)라는 말에는 어른들의 화법을 겨냥한 뼈가 있다. 그런데 이 시집의 어른들은 말하는 입보다 듣는 귀가 큰 것 같고, 의미 있는 답보다는 생각하게 하는 질문을 잘 던지고, 무엇보다 지금 현재의 아이들을 있는 그대로 인정한다. 이처럼 대화할 준비가 되어 있는 개구리에게 올챙이들의 우물에 입장할 초대권이 주어진다.

이 지점에서 『궁금 바이러스』에 실린 대부분의 시가 대화체로 이루어져 있다는 사실을 떠올리게 된다. 이 시집에는 살아 있는 입말이 가득하고 핑퐁처럼 오가는 너와 나의 말이 있고 말하다 보니 어렴풋이 알게 되는 마음의 일이 있다. 반면 이 시집에는 이해하라는 강요가 없고 폼 잡고 으스대는 의미가 없고 뭔가를 전달하겠다는 의도가 없다. 그래서 한 편 한 편 읽을 때는 싱거운 것 같고 무언가 부족한 것 같은 느낌이 들지도 모른다. 하지만 시집을 다 읽어 갈 때쯤이면 아이들의 우물이 깊고 넓다는 것을, 그 깊고 넓은 바닥에서부터 무언가가 쑥쑥 자라고 있다는 것을 알게 된다.

할아버지는 병실 창가에
새 한 마리가 앉아 우리를 지켜보고 있다고 했다.
가끔 다른 환자들이 잠들고 혼자가 될 때는
둘이서 이야기를 나눈다고도 했다.
"무슨 이야기를 했어요?" 물었더니
나는 손자 자랑을 했고
새는 내가 너만 했을 때
말썽 부리던 이야기를 해 줬다고 했다.

그런 밤에는 꿈속에서
그 새와 둘이 달리기를 했다고 했다.
허공으로 힘껏 달리듯 날아 올라가면
학교 운동장이 나오고
그 아래에서 땀 흘리며 달리고 있는

자신의 어릴 적 모습을 본다고 했다.
다시 보면,
네 아빠가 보이고
또다시 보면,
나를 볼 때도 있다고 했다.

잠이 안 오는 깊은 밤에도
혼자가 아니라고 했다.

병실 창가를 찬찬히 살펴보았다.
　　　　　　　　　　　　—「할아버지와 한 마리 새」 전문

　할아버지가 이야기를 하고 손자가 묻고 할아버지가 대답을 하고 손자가 듣는다. 할아버지의 이야기 속에서 아이는 할아버지도 자신과 같은 말썽꾸러기 아이였다는 것을, 그 할아버지가 자라 아버지를 낳고 그 아버지가 자라 자신을 낳았다는 것을, 자신도 아마 그 시간의 길을 걸어가게 될 것이라는 사실을 희미하게 감지하고 있을 것이다. "병실 창가를 찬찬히 살펴보"는 아이의 눈에는 저 무섭고도 신비한 시간의 내력과 그 끝에 기다리는 어렴풋한 죽음의 기미가 살짝 비치고 있을지도 모른다. 대화란 이처럼 타인에게는 보이지만 나에게는 보이지 않는 무엇, 또는 나에게는 보이지만 타인에게는 보이지 않는 무엇을

함께 나누어 보려는 시도라고 할 수 있다. 이 시도가 서로 간에 오가는 말들을, 거기에 실린 다른 사람의 생각과 마음을, 다시 거기에 보탠 나의 생각과 마음을 하나씩 쌓아 올려 우물 위로 올라가는 사다리를 짓는다. 아이들은 우물 안에서 자신의 말이 부딪혀 돌아오는 메아리를 들으면서, 그것이 다른 말과 섞여 공명하는 소리를 들으면서 그렇게 자란다. 그리하여 마침내 우물 안에서 우물보다 넓은 세상을 키워 낸다.

이 시집은 우물이 한 뼘 넓어지는 일의 다양하고 역동적인 국면들, 때로는 귀엽고 엉뚱하고 때로는 무섭도록 진지한 아이들의 내면을 풍성하게 펼쳐 보인다. 한창 성적 호기심이 왕성한 나이임을 증명하듯 여자 친구에게 "브래지어 했어?", "브래지어는 입는 거야, 끼는 거야?"(「궁금 바이러스 2」)라는 난감한 질문을 던지거나 "여자들은 왜/마술에 걸리는 거야?", "왜 그걸 마술에 걸렸다고 하는 거야?"(「마술은 왜 걸려」)라고 엉뚱한 질문을 하기도 한다. 남자아이만이 아니다. 여자아이는 남자 친구한테 은밀히 부탁하여 남자 화장실을 구경하다가 물을 쏟아 내는 소변기를 보고 놀라 "아니, 왜 걔네들은 손가락질을 하면 물을 쏟아 내는 거야?"(「남자 친구가 생겼다」)라고 물어 대답을 궁하게 만들기도 한다. 이 아이들은 상대방 성(性)의 생리적·심리적 차이를 궁금해하면서 제 자신의 생리와 심리를 알아 가는 중이다. 타인에 비추어 나를 이해하고 나에 비추어 타인을 이해하며 성장해 가는 일을 이성 교제보다 더 잘 배울 수 있는 분야가 어디 있겠는가.

그런가 하면 자신의 머리가 제법 굵어졌다는 생각에 혼자 흐뭇해하는 모습도 엿볼 수 있다. 용돈을 모아 맘에 드는 신발을 사 신고 "이 정도는 신어 줘야/비로소 내가 되는 거"(「새 신발을 샀다」)라고 뿌듯해하는가 하면, 부모님 여행 떠나고 혼자 지낸 일주일 동안 실컷 게으름을 부려 놓고 "빼앗겼던 내 생각을 도로 찾은 기분"(「시간에 길을 내다」)이라고 거드름을 피우기도 한다. 부모님 동의 없이 첫 헌혈을 감행하고는 "내 의지로 행동했다는 것만으로도/내 심장이 뛰는 소리가 달라지고 있"(「헌혈을 하다」)다고 감동하기까지 한다. 하지만 이 귀여운 모습 뒤에는 어떻게든 나 자신이어 보고자 하는 몸부림, 그 누가 시키는 대로가 아니라 내 뜻대로 살아 보고자 하는 안간힘이 숨어 있다.

나는 박수 쳐야 할 때를
제대로 알지 못한다.
그냥 남들이 칠 때 따라 치면 되지만
나는 그게 싫었다.
내가 치고 싶을 때 치고
남들이 치지만 내 맘에 안 들 때는
열중쉬어 하고 싶었다.

그런데, 그게 내 맘대로 안 되었다.

그런 내가 싫었다.

—「그런 내가 싫었다」 부분

대세에 따라 눈치 보듯 박수를 치거나 남들 하는 대로 따라
가는 것은 죽어도 하기 싫다는 오기와 내가 치고 싶을 때 크게,
남들 아랑곳하지 않고 혼자 박수 치는 것에 대한 두려움이 내
안에서 싸운다. 가끔 오기가 두려움을 이기기도 하지만, 두려
움에 질 때가 더 많다. 내가 내 마음대로 안 된다. 그래서 속상
하고 창피하다. 세상에 내 뜻과 내 의지를 용기 있게 관철하는
일은 이렇게 작은 갈등에서부터 시작되지만, 작다고 해서 쉬운
일은 결코 아니다. 이 작고 힘겨운 통과의례 앞에 몇 번씩 넘어
지면서 좌절을 경험하고, 어느새 하나둘 통과하면서 용기와 희
망을 얻는다. 아이들의 경험이 작고 사소한 데서 시작된다고
해서 그것의 고통과 기쁨까지 작고 사소한 것은 아니다. 그들
은 지금-여기, 좁은 우물에서 세상의 거친 파도와 싸우면서 멀
미를 하고 있다.

나에게 멀미는

눈 감으면 흔들리고

속이 불편해서 토하는 것만이 아니었다.

시험을 앞두고 2년 후 대입을 상상해 보고

2년 전 중2 시절을 떠올려 보다가
아무것도 보이지 않고
태평양 한가운데 표류하다가
졸음의 무게와 불면의 날개가 동시에
파도타기 할 때
2년 후와 2년 전이 시소를 탈 때
나의 시간은 멀미를 한다.

나에게 멀미는
나를 흔드는 시간이었다. 나를 막아서는 벽이었다.
손을 놓아 버리면 그냥 흘러가 버리는 강물이었다.

눈꺼풀이 무거워지고
시험은 더 가까워졌다.

　　　　　　　　　　　　—「나는 오늘도 멀미를 한다」 전문

　아이들의 멀미는 시험이나 성적 같은 현실적인 계기에서 시작되지만, 사실 그것은 시간과 싸우느라 생겨나는 증상이다. "나를 흔드는 시간", "나를 막아서는 벽" 앞에서, "손을 놓아 버리면 그냥 흘러가 버리는" 시간, 꽉 움켜잡으려 해도 빠져나가는 시간 앞에서 아이들은 막막하고 무력하고 두려운 감정을 경험한다. 사실 그것이 아이들만 겪는 증상은 아니다. 다만 둔감

해진 어른들과 달리 그들은 유독 예민하게 시간의 멀미를 감지하고 어느 때보다 치열하게 그것과 대결하고 있는 것이다. 그러니 어른들이 느끼는 멀미의 강도로 그들의 고통과 어려움을 짐작할 일이 아니다. 어른들은 십대 때의 멀미 정도야 다 겪어봐서 안다고 말하지만, 그 기억은 강도는 생략한 채 앙상한 결론만 남겨 놓은 것에 불과하다. 그들은 지금 '첫'이라는 날카롭고 강렬한 칼날로 생생한 시간의 결을 벼리는 중이다. 그렇게 높은 열도의 한가운데서 '지금-자신'을 사랑하는 중이다.

청소년시를 쓰는 시인이라면 누구나 목소리의 분열을 경험할 것이다. 스스로 청소년이 되어 말하고자 할 때에도 이미-어른인 자신의 목소리를 완벽히 차단하기는 어려울 것이기 때문이다. 아이들은 그들의 마음이나 생각을 풀어 설명하거나 어떤 의미를 갈무리해 전달하는 식으로 말하지 못한다. 혹은 그렇게 하기 싫어한다. 청소년의 입장을 대변하고 그들의 속내를 풀어 보여 주겠다는 시는, 그래서 아이들의 말에 대한 번역어나 해석어가 되기 십상이다. 그런데 양영길 시인은 되도록 아이들의 말을 날것 그대로 전시하듯 보여 준다. 따옴표로 인용된 아이들의 말은 그 안에서 자신의 고유한 색깔을 그대로 보전한 채 팽팽한 에너지를 내뿜는다. 양영길의 시에서 아이들의 말은 '라이브'다. 우리는 이 라이브 방송을 들으면서 아이들에게 필요한 것은 하늘에서 일방적으로 내려 주는 말씀이 아니라 스스로 사다리를 만들도록 도와줄 대화라는 것을 알게 된다. 그들은 지금 "날 일(日) 자로", "눈 목(目) 자나 밭 전(田) 자로", 때로는 "다이아몬드 전략으로"(「오목 대결」) 세상에 나갈 사다리를 궁리 중이니까.

시인의 말

엉성하고 어설픈 것, 그러나 뻔하지 않은 것을 고민했다. 고만고만함으로부터 멀리 도망치고 싶었다. 너무 멀리 도망쳐서 "이런 것도 시냐?"라는 이야기를 듣고 싶었다. 이는 어떻게 '의도적'인 것을 배제하느냐의 문제였는데, 근사한 단어를 하나씩 빼 버렸다. 군데군데 빈자리가 있는 시가 되었다. 채워지지 않은 그것은 여백으로 다가오기도 했고 또 다른 물음으로 이어지기도 했다.

천천히 한두 편 읽다가 문득 자기만의 생각에 빠지게 하는 시, 읽다가 자기도 비슷한 생각을 했던 기억을 더듬어 보게 하는 시, 생각나는 사람을 떠올리게 하는 시. 그런 시로 읽혔으면 하는 바람으로 청소년이 주체가 되는 시를 엮었다.

여기 제 친구들을 소개합니다.

2017년 3월
양 영 길

창비청소년시선 07

궁금 바이러스

초판 1쇄 발행 • 2017년 3월 20일
초판 4쇄 발행 • 2021년 5월 25일

지은이 • 양영길
펴낸이 • 강일우
책임편집 • 서영희·정편집실
펴낸곳 • (주)창비교육
등록 • 2014년 6월 20일 제2014-000183호
주소 • 04004 서울특별시 마포구 월드컵로12길 7
전화 • 1833-7247
팩스 • 영업 070-4838-4938 / 편집 02-6949-0953
홈페이지 • www.changbiedu.com
전자우편 • textbook@changbi.com

ⓒ 양영길 2017
ISBN 979-11-86367-48-3 44810